AF335789

CATALOGUE

DE

LIVRES ANCIENS

EN PARTIE RELIÉS EN MAROQUIN AVEC ARMOIRIES

ÉDITIONS ORIGINALES, OUVRAGES SUR LA RÉFORME

DE LA

BIBLIOTHÈQUE DE M. LE DOCTEUR ***

DONT LA VENTE AURA LIEU

Le jeudi 11 mai 1876, à deux heures très-précises

Hôtel des commissaires-priseurs, rue Drouot

Salle n° 5

Par le ministère de Me MAURICE DELESTRE, commissaire-priseur

Successeur de Me DELBERGUE-CORMONT

Rue Drouot, 23.

PARIS

ADOLPHE LABITTE

LIBRAIRE DE LA BIBLIOTHÈQUE NATIONALE

4, rue de Lille, 4

—

1876

Paris. — Typographie Georges Chamerot, rue des Saints-Pères, 19.

CATALOGUE

DE

LIVRES ANCIENS

EN PARTIE RELIÉS EN MAROQUIN AVEC ARMOIRIES

ÉDITIONS ORIGINALES, OUVRAGES SUR LA RÉFORME

DE LA

BIBLIOTHÈQUE DE M. LE DOCTEUR ***

DONT LA VENTE AURA LIEU

Le jeudi 11 mai 1876, à deux heures très-précises

Hôtel des commissaires-priseurs, rue Drouot

Salle n° 5

Par le ministère de Me MAURICE DELESTRE, commissaire-priseur

Successeur de Me DELBERGUE-CORMONT

Rue Drouot, 23.

PARIS

ADOLPHE LABITTE

LIBRAIRE DE LA BIBLIOTHÈQUE NATIONALE

4, rue de Lille, 4

—

1876

CATALOGUE

DE

LIVRES ANCIENS

EN PARTIE RELIÉS EN MAROQUIN AVEC ARMOIRIES

ÉDITIONS ORIGINALES, OUVRAGES SUR LA RÉFORME

DE LA

BIBLIOTHÈQUE DE M. LE DOCTEUR ...

THÉOLOGIE.

1. Bibliorum sacrorum vulgatæ versionis, editio clero Gallicano dicata. *Parisiis, Fr.-Ambr. Didot,* 1785, 8 vol. in-8, v. éc. tr. dor.

2. Bibliorum sacrorum vulgatæ versionis editio ad institutionem Delphini. *Parisiis, excudebat Fr.-Ambr. Didot natu maj.*, 1785, 8 vol. in-8, mar. r. doublé de tabis bleu, dos orné, fil. à comp. tr. dor. (*Rel. anc.*)

3. Psalterium Davidis et libri sapientiales, juxta editionem vulgatam, Sixti V jussu editum. *Lugduni-Batavorum, apud Joh. et Dan. Elzevirios,* anno 1653, in-12 mar. vert jans. tr. dor. (*Hardy.*)

4. Psalterium in tres hebdomadas distributum, cum Officio Beatæ Mariæ Virginis. *Parisiis, ex typographia regia,* 1750, in-12, mar. vert. tr. dor. (*Anc. rel.*)

5. Harmonie ou Concordance évangélique, contenant la vie de Notre-Seigneur Jésus-Christ selon les quatre évangélistes, suivant la méthode et avec les notes de feu M. Toinard. *Paris, chez J.-B. Lamesle,* 1716, 1 vol. in-8 mar. vert, tr. dor. jans. (*Rel. anc.*)

6. Histoire de la vie de Jésus-Christ, par le P. de Ligny. *A Paris, de l'imprimerie de Crapelet,* 1804, 2 vol. in-4, grav., demi-rel. chag. fil. tête dor. ébarbé.

Les gravures sont presque toutes avant la lettre.

7. LES SOLILOQUES, le Manuel et les Méditations de saint Augustin; traduction nouvelle à laquelle sont ajoutés quelques fragments de piété tirés des Confessions de ce même saint, qui feront voir quel étoit son esprit. *Paris, chez Guill. Desprez,* 1725, 1 vol. in-12, mar. r. jans. (*Rel. anc.*)

8. Le Livre de l'Internelle Consolation, première version françoise de l'Imitation de Jésus-Christ; nouvelle édition, avec une introduction et des notes, par MM. L. Moland et Ch. d'Héricault. *Paris, chez P. Jannet,* 1856, 1 vol. in-12 v. granit, tr. r. (*Closs.*)

9. L'Imitation de Jésus-Christ; traduction nouvelle par M. l'abbé F. de Lamennais, avec des réflexions à la fin de chaque chapitre. Une gravure en tête de chaque livre. *Paris,* 1825, gr. in-8, mar. r. tr. dor.

10. INTRODUCTION A LA VIE DÉVOTE, du bienheureux François de Sales, évesque de Genève. *A Paris, de l'Imprimerie royale,* 1651. (Aux armes de France et d'Autriche gravées sur le titre, avec une dédicace à la reine Anne d'Autriche, par Sébastien Cramoisy, éditeur du livre, et le portrait gravé de François de Sales offrant son cœur à la reine des cieux, qui tient l'enfant Jésus dans ses bras, par

Gr. Huret.) Gr. in-8, mar. r. dent. fleurdelisées, dos également fleurdelisé. (*Rel. du temps.*)

Bel exemplaire.

11. Jésus-Christ pénitent, ou Exercice de piété pour le temps du carême et pour une retraite de dix jours, avec des réflexions sur les sept psaumes de la pénitence et la journée du chrétien, par un prêtre de l'Oratoire de Jésus (le P. Quesnel). Troisième édition. *Paris, chez Ch. Robustel, rue Saint-Jacques, au Palmier,* 1706, 1 vol. in-12, mar. vert jans. (*Rel. anc.*)

12. Lettres spirituelles de Fénelon; édition revue et corrigée par M. Silvestre de Sacy, de l'Académie française. *Paris, J. Techener,* 1856, 3 vol. in-12, v. f. tr. dor. (*Niedrée.*)

13. EXPLICATION DES MAXIMES DES SAINTS sur la vie intérieure, par messire François de Salignac-Fénelon, archevêque-duc de Cambray. *Paris, chez Ch. Clousier,* 1697, 1 vol. in-12 mar. r. tr. dor. (*Petit.*)

Édition originale.

14. TRAITEZ DU LIBRE ARBITRE et de la concupiscence, ouvrage posthume de messire Jacques-Bénigne Bossuet, évêque de Meaux, etc. *A Paris, chez Barth. Alix,* 1731, 1 vol. in-12, mar. br. tr. dor. jans.

Première édition.

15. TRAITÉ DE LA VÉRITÉ de la religion chrétienne, traduit du latin de Grotius par M. l'abbé Gouget; nouvelle édition, revue, corrigée et augmentée de la Vie de l'auteur et de nouvelles remarques. *Paris, chez la veuve Lottin,* 1754, 2 vol. in-12 mar. r. aux armes et au chiffre de Louis XV.

16. Traité de la vérité de la religion chrétienne, par Jacques Abbadie. *A la Haye, chez Jean Neaulme,* 1771, 3 vol. in-12 v. f. tr. dor. — L'Art de se connoître soi-même, ou Recherche des sour-

ces de la morale, par Jacques Abbadie. *A la Haye,
chez Neaulme*, 1771, 1 vol. in-12. Ens. 4 vol.
in-12, reliure uniforme.

17. Démonstration de l'existence de Dieu, tirée de
la connoissance de la nature et proportionnée à
la foible intelligence des plus simples. *A Paris,
chez J. Etienne, rue Saint-Jacques, à la Vertu,*
1713, 1 vol. in-12, v. f. tr. dor. (*Padeloup.*)

Édition originale de ce traité de Fénelon.

18. Instructions théologiques et morales sur le premier commandement du Décalogue, par feu
M. Nicole. *Paris, chez Ch. Osmont,* 1713, 2 vol.
in-12 mar. citr. jans. tr. dor. (*Rel. du temps.*)

19. Choix de petits traités de morale de Nicole; édition revue et corrigée par Sylv. de Sacy, de l'A-
cadémie française. *Paris, J. Techener,* 1857,
1 vol. in-12, v. f. tr. dor. (*Niedrée.*)

20. Choix des traités de morale chrétienne de Du-
guet; édition revue et précédée d'une préface par
M. Sylv. de Sacy. *Paris, Techener,* 1858, 2 vol.
in-12, v. f. tr. dor. (*Niedrée.*)

21. Les Vies des SS. Pères des déserts et de quelques saintes, écrites par des Pères de l'Eglise et
autres anciens auteurs ecclésiastiques, traduites
en françois par M. Arnaud d'Andilly; nouvelle
édition. *A Paris, chez Pierre Le Petit, imprimeur
et libraire du Roi,* 1667, 3 vol. in-8, *exempl. réglé,
mar. r. tr. dor. riche reliure du temps, portant
sur les plats les armes de Maintenon et de d'Au-
bigné.*

22. Texte primitif des Lettres provinciales, de Blaise
Pascal, d'après un exemplaire in-4 (1656-57), où
se trouvent des corrections en écriture du temps;
édition contenant, outre ces corrections, toutes
les variantes des éditions postérieures. *Paris, L.
Hachette,* 1867, 1 vol. in-4, vél. tr. r.

23. PENSÉES DE M. PASCAL, qui ont été trouvées après sa mort parmi ses papiers ; nouvelle édition, augmentée de plusieurs Pensées du même auteur, de sa Vie et de quelques discours sur ces mêmes Pensées. *Paris, chez Guill. Desprez,* 1702, 1 vol. in-12, mar. r. tr. dor. (*Aux armes.*)

Exemplaire réglé, d'une remarquable conservation.

24. DIALOGUES SUR L'ÉLOQUENCE en général et sur celle de la chaire en particulier, avec une lettre écrite à l'Académie française par feu messire Salignac de Lamotte-Fénelon, archevêque-duc de Cambray. *A Paris, chez Jacq. Etienne,* 1718, 1 vol. in-12, mar. r. tr. dor. (*Petit.*)

Première édition.

25. ORAISON FUNÈBRE de Marie-Térèse d'Austriche, prononcée à Saint-Denis le premier de septembre 1683, par messire Jacques-Bénigne Bossuet. *A Paris, chez Sébastien Mabre-Cramoisy,* 1683, in-4, dérelié, dans un carton.

Édition originale. Hauteur : 227 mill. Le bas du titre est rogné à la lettre.

26. ORAISON FUNÈBRE de très-haute et très-puissante princesse Anne de Gonzague de Clèves, princesse Palatine, prononcée le 9 août 1685 par messire Jacques-Bénigne Bossuet. *A Paris, par Sébastien Mabre-Cramoisy,* 1685, in-4, dérel., dans un carton.

Édition originale. Hauteur : 227 mill. La dernière feuille est raccommodée, et le bas du titre est rogné à la lettre.

27. ORAISON FUNÈBRE de très-haut et puissant seigneur messire Michel le Tellier, chevalier, chancelier de France, prononcée le 25 janvier 1686, par messire Jacques-Bénigne Bossuet. *A Paris, par Sébastien Mabre-Cramoisy, s. d.,* in-4, dérel., dans un carton.

Édition originale. Notes manuscrites et passages soulignés. Hauteur : 217 mill. La date au bas du titre est enlevée.

28. ORAISON FUNÈBRE de très-haut et très-puissant prince Louis de Bourbon, prince de Condé, pro-

noncée le 26ᵉ jour d'avril 1687, par le P. Bourdaloue. *A Paris, chez Estienne Michallet,* 1687,
in-4, dérel., dans un carton.

Édition originale. Hauteur : 227 millim.

29. BOURDALOUE. Oraison funèbre de Louis de Bourbon, prince de Condé (le grand Condé). *Paris,
Estienne Michallet,* 1687, in-4, mar. brun, avec
larmes sur les plats et sur le dos (*Première rel.*)

Grand papier. Exemplaire de cadeau, avec ces mots : *Pour le père de
Bouis* de la main de Bourdaloue. *Le père Bouis* est ¦auteur de : la Royale
Couronne d'Arles, imprimée en 1644.

30. Petit Carême de Massillon, évêque de Clermont,
imprimé par ordre du Roi pour l'éducation du
Dauphin. *A Paris, de l'impr. de Didot l'aîné,*
1789, pet. in-4 mar. r. doublé de tabis.

Bel exemplaire.

31. Sermons choisis sur divers sujets, par messire
François de Salignac de Lamotte-Fénelon, archevêque-duc de Cambray, etc.; nouvelle édition, sur
l'original de l'auteur. *Paris, chez Jacq. Etienne,*
1718, 1 vol. in-12 mar. r. tr. dor. (*Petit.*)

Édition exacte et complète de ce recueil recherché et peu commun.
Raccommodage au titre.

32. LA THÉOLOGIE NATURELLE de Raymond Sebon,
traduite en françois par messire Michel, seigneur
de Montaigne, chevalier de l'ordre du Roy et
gentilhomme ordinaire de sa chambre; livre d'excellente doctrine. *A Rouen, chez Jean de La Mare,
au haut des degrés du Palais,* 1641, pet. in-8
mar. r. tr. dor. (*Petit.*)

Cet exemplaire porte la signature d'un M. de Malherbe, probablement un
neveu du grand Malherbe, qui en a fait présent aux capucins de Caen.

33. La Religion du médecin, c'est-à-dire Description
nécessaire, par Thomas Brown, médecin renommé
à Norwich, touchant son opinion accordante avec
le pur service divin d'Angleterre. *Imprimée en
l'an* 1668, 1 vol. pet. in-12 mar. r. jans. tr. dor.
(*Anc. rel.*)

34. Les Trois Livres du docteur Nicolas Sanders, contenant l'origine et progrez du scisme d'Angleterre. *S. l.*, 1587, pet. in-8 parchemin à recouvrement.

Exemplaire dans sa première reliure.

35. Essay de l'histoire générale des protestans, distinguée par nations et recueillie de leurs auteurs, par G. Boule, Marseillois. *Paris, Ant. Vitré,* 1646, in-8 parch.

Exemplaire dans sa première reliure. Cet ouvrage est dédié à *Fr. Adhemar de Grignan, archevesque d'Arles.*

36. Sommaire de l'histoire de la guerre faicte contre les hérétiques albigeois, extraite du trésor des chartes du Roy, par feu Jehan du Tillet. *Paris, Robert Nivelle,* 1590, pet. in-8 parch.

Rare. Exemplaire dans sa première reliure.

37. Rapport fait au nom du Comité de Salut public, par Maximilien Robespierre, sur les rapports des idées religieuses et morales avec les principes républicains, et sur les fêtes nationales (séance du 18 floréal, l'an second de la République française, une et indivisible, imprimé par ordre de la Convention nationale). *Paris, Imprimerie nationale, Plaquette* in-8 cart. n. rog.

Cette pièce originale donne le programme de la fête de l'Être suprême.

38. L'Alcoran de Mahomet, traduit de l'arabe en françois par le sieur du Ryer (à la Sphère). *Suivant la copie imprimée à Paris, chez Antoine de Sommaville,* 1649, 1 vol. pet. in-12 mar. bleu, fil. tr. dor. (*Simier.*)

Bel exemplaire.

SCIENCES.

39. Les Morales d'Épictète, de Socrate, de Plutarque
et de Sénèque, extr. et traduit par Jean Desma-
rests de Saint-Sorlin. *Au château de Richelieu,
de l'imprimerie d'Estienne Mégon,* 1 vol. in-12
mar. r. tr. dor. (*Thouvenin.*)

Volume rare et recherché. Imprimé avec les caractères dits de Richelieu.

40. Sentences de Théognis, de Phocylide, de Py-
thagore et des sages de la Grèce, recueillies par
M. Lévesque. *A Paris, chez Didot l'aîné et de
Bure,* 1783, 1 vol. in-8, pap. vél. mar. r. tr. dor.

41. Selecta M. T. Ciceronis Opera philosophica. *Parisiis, apud Barbou,* 1752, 1 vol. in-12 mar. r.
dos fleurdelisé, tr. dor. (*Rel. du temps, bien conservée.*)

42. Les Offices de Cicéron, traduits en françois sur
la nouvelle édition latine de Grévius, avec des
notes et des sommaires de chapitres, par le tra-
ducteur des lettres de saint Augustin. *A Paris,
chez la veuve de J.-B. Coignard,* 1692, 1 vol.
in-8, mar. r. tr. dor. (*Excellente rel. du temps.*)

43. Réflexions morales de l'empereur Marc-Antonin,
avec des remarques; portrait de Marc-Aurèle
gravé par Vermeulen. *A Paris, chez Claude Barbin,* 1591, 2 vol. in-12, mar. r. tr. dor. (*Rel. anc.*)

Exemplaire de choix.

44. LA LOGIQUE, ou l'Art de penser, contenant, outre
les règles connues, plusieurs observations nouvelles propres à former le jugement. *A Paris,
chez Ch. Savreux,* 1652, 1 vol. in-12 mar. r. tr.
dor. (*Rel. jans. de Duru, avec dent. intér.*)

Édition originale de la Logique de Port-Royal. Bel exemplaire.

45. Discours de la Méthode pour bien conduire sa raison et chercher la vérité dans les sciences, par Descartes. *A Paris, chez Ant.-Augustin Renouard,* 1825, avec un portrait de Descartes. — Méditations métaphysiques, par Descartes. *A Paris, chez Renouard,* 1825, 2 tom. en 1 vol. in-12, mar. bleu, tr. dor. (*Rel. de Petit.*)

Édition très-correcte et très-bien imprimée de ces deux importants ouvrages.

46. Les Passions de l'âme, par René Descartes. *A Amsterdam, chez Louis Elzevier,* 1650, 1 vol. pet. in-12, cuir de Russie.

Le soin que Descartes a pris de démontrer dans cet ouvrage célèbre l'influence du physique sur le moral doit le faire classer parmi les ouvrages de physiologie.

47. Réflexions ou Sentences et maximes morales (la Rochefoucauld). *A Paris, chez Claude Barbin,* 1665, 1 vol. pet. in-12 ; exemplaire réglé, avec front. mar. br. dent. tr. dor. (*Hardy.*)

Très-bel exemplaire de l'édition originale.

48. Les Caractères de Théophraste, traduits du grec, avec les Caractères ou les Mœurs de ce siècle (la Bruyère) ; seconde édition. *Paris, chez Estienne Michallet,* 1688, in-12 mar. r. t. dor.; très-bel exemplaire. (*Chambolle-Duru.*)

Cette seconde édition, dit M. Walckenaer, ne diffère de la première que par quelques corrections typographiques.

49. Traité des premières vérités et de la source de nos jugements, par le P. Buffier, de la compagnie de Jésus. *A Paris, chez la veuve Mangé,* 1724, 1 vol. in-12 mar. r. tr. dor. (*Aux armes.*)

Première édition de cet important ouvrage.

50. Introduction à la connoissance de l'esprit humain, suivie de réflexions et maximes (Vauvenargues.) *A Paris, chez A.-Cl. Briasson,* 1746, 1 vol. in-12 mar. br. tr. dor. jans.

Première édition.

51. Traité de morale (par **Malebranche**). *A Cologne, chez Balthasar d'Egmond,* 1683, 1 vol. pet. in-12 mar. r. tr. dor.

Première édition elzévirienne.

52. Histoire critique de l'âme des bêtes, contenant les sentimens des philosophes anciens et ceux des modernes sur cette matière, par M. Guer, avocat. *A Amsterdam, chez François Changuion,* 1749, 2 vol. in-8, mar. r. tr. dor. (*Aux armes de M. Lallemant de Betz.*)

53. Politique tirée des propres paroles de l'Ecriture sainte, à Mgr le Dauphin; ouvrage posthume de J.-B. Bossuet, évêque de Meaux, etc. *A Paris, chez Pierre Cot,* 1707, 2 vol. in-12 mar. r. jans. tr. dor. (*Petit.*)

Première édition de ce format.

54. Du Contrat social, ou Principes du droit politique, par J.-J. Rousseau, citoyen de Genève; édition sans cartons, à laquelle on a ajouté une lettre de l'auteur au seul ami qui lui reste. *A Amsterdam, chez Marc-Michel Rey,* 1762, 1 vol. in-12 mar. vert, tr. dor.

Reliure du temps, bien conservée.

55. Discours sur l'origine et les fondements de l'inégalité parmi les hommes, par J.-J. Rousseau, citoyen de Genève. *A Amsterdam, chez Marc-Michel Rey,* 1755, 1 vol. in-8 v. marb. tr. r.

Édition originale, avec le frontispice d'Eisen.

56. Lettres philosophiques, par M. de V***. *Amsterdam, chez E. Lucas,* 1734, 1 vol. in-12, demi-v. r. avec coins.

Édition originale du premier écrit philosophique de Voltaire, avec envoi d'auteur de la main d'un secrétaire.

A la fin de ce volume, sont des vers de M. le comte de Bièvre, parmi lesquels il y en a un que Voltaire a refait et écrit de sa main.

57. Dictionnaire philosophique portatif. *Londres,*

1764, 1 vol. in-8 mar. vert, tr. dor. (*Rel. du temps.*)

Première édition du Dictionnaire philosophique de Voltaire.
Ce livre paraît avoir été imprimé à Nancy, par J.-B. Hyacinte Leclerc. De la bibliothèque de Mme de Laborde.

58. La Philosophie de l'histoire, par feu l'abbé Bazin (Voltaire). *A Amsterdam, chez Changuion*, 1765, 1 vol. in-8 v. granit, tr. marb. (*Bonne reliure du temps.*)

Édition originale.

59. ÉDUCATION DES FILLES, par M. l'abbé Fénelon. *A Paris, chez Aubouin, Emery et Clousier*, 1687, 1 vol. in-12, mar. bl. jans. tr. dor. (*Hardy.*)

Édition originale. Très-bel exemplaire.
Cet ouvrage, dans les mêmes conditions, a atteint à la vente Benzon le prix de 200 fr.

---

60. Histoire abrégée des coquillages de mer, de leurs mœurs et de leurs amours, par S. L. P. C. l'aîné (figures dans le texte). *A Versailles, de l'imprimerie de Ph.-D. Pierres, an VI*, 1 vol. in-4, v. jans. fil. sur les plats, tr. dor. fig. en couleurs.

61. La Statique des végétaux et l'analyse de l'air; expériences nouvelles lues à la Société royale de Londres, par M. Halles, d. d. et membre de cette société; ouvrage traduit de l'anglois par M. de Buffon, de l'Académie des sciences. *A Paris, chez Jacques Vincent*, 1735, 1 vol. in-4 mar. r. fil. tr. dor. (*Aux armes.*)

Très-bel exemplaire du premier ouvrage publié par Buffon.

62. L'Histoire entière des Poissons, composée premièrement en latin par maistre Guillaume Rondelet, docteur régent en médecine en l'université de Montpellier, maintenant traduite en françois sans avoir rien omis à l'intelligence d'icelle, avec leurs portraits au naïf. *A Lion, par Macé Bonhome,*

à la Masse d'or, 1558, 1 vol. in-fol. cuir de Russie, tr. dor.

Bel exemplaire de cet intéressant ouvrage.

63. Les Livres de Hierome Cardanus, médecin milannois, intitulez de la Subtilité et subtiles inventions, ensemble les causes occultes et raisons d'icelles, traduits de latin en françoys par Richard Le Blanc, et enrichys de plusieurs figures nécessaires. *A Paris, chez Guillaume Jullian*, 1578, 1 vol. pet. in-8, mar. vert doublé de tabis.

Cet ouvrage, qui touche à toutes les branches de l'histoire naturelle, est des plus curieux.

64. Essai physique sur l'œconomie animale, par Francois Quesnay, maître ès arts, chirurgien de Mgr le duc de Villeroy. *Paris, chez Guill. Cavelier*, 1736, 1 vol. in-12, mar. r. tr. dor. (*Rel. du temps.*)

Première édition de cet ouvrage estimé.
L. Quesnay, qui devint médecin consultant de Louis XV, était le collaborateur et l'ami des encyclopédistes.

65. Claudii Gaieni Pergameni medicorum omnium facile principis de sanitate tuenda libri sex, a Thoma Linacro, Anglo, latinitate donati, etc. *Tubingæ, apud Ulricum Morhardum, anno* 1541, 1 vol. in-12, tr. r. v. f.

66. Andreæ Vesalii, Bruxellensis, invictissimi Caroli V imperatoris, medici, de humani corporis fabrica, libri septem. *Basileæ, ex officina Joannis Oporini, anno salutis per Christum partæ* 1555, 1 vol. in-fol. peau de truie gravée, avec fermoirs, angles en cuivre ciselé et médaillons sur les plats.

Seconde édition, qui n'est presque qu'une répétition de la première. Tout ce qu'elle a de beau et de grand, dit Georges Cuvier, est donc l'ouvrage d'un jeune homme de 28 ans.
Les planches furent gravées sur bois en Italie d'après des dessins très-remarquables que l'on attribue au Titien. (Hist. des sciences naturelles, t. II, p. 21.)

67. Traité des effets et de l'usage de la saignée, par Quesnay, médecin consultant du Roy; nouvelle

édition. *A Paris, chez d'Houry*, 1750, 1 vol. in-12, mar. r. tr. dor. (*Rel. du temps.*)

Exemplaire d'une conservation parfaite, avec un beau portrait de Quesnay, gravé par J. G. Wille.

68. Traité des maladies les plus fréquentes et des remèdes spécifiques pour les guérir, par M. Helvetius, médecin de S. A. R. Mgr le duc d'Orléans. *A Paris, chez Laurent d'Houry*, 1703, 1 vol. in-12 mar. r. (*Aux armes de l'abbé de Colbert.*)

69. Précis de la médecine pratique, par M. Lieutaud, médecin de Mgr le duc de Bourgogne et des enfants de France, etc., etc.; seconde édition. *Paris, chez Vincent, impr.-libraire de M. le duc de Bourgogne*, 1760, 1 vol. in-8 mar. r. (*Aux armes du Dauphin*). (*Rel. du temps.*)

70. Traité analytique des eaux minérales en général et de leur propriété, fait par ordre du gouvernement, par M. Raulin, docteur médecin, agrégé honoraire du collége royal des médecins de Nancy, etc. *A Paris, chez Vincent*, 1772, 1 vol. in-12, mar. r. (*Aux armes du duc d'Orléans.*)

71. Erreurs populaires et propos vulgaires touchant la médecine et le régime de santé, par Laurent Joubert, médecin ordinaire du Roy et du Roy de Navarre. *Bordeaux, par S. Millanges, imprimeur du Roy*, 1579, 1 vol. in-12.

Cet ouvrage, justement recherché, est rempli de détails curieux sur les préjugés, les coutumes et les mœurs du XVIe siecle.
En tête de la seconde partie est le portrait de Laurent Joubert.

72. Caractères des médecins, ou l'idée de ce qu'ils sont communément et celle de ce qu'ils doivent être, d'après Pénélope, par feu M. de la Mettrie, d. m. *A Paris, aux dépens de la compagnie*, 1760, 1 vol. in-12, mar. r. (*Rel. du temps.*)

Avec cette estampille : Ex museo Caroli Nodier.

73. Traité de la gangrène, par Quesnay, médecin consultant du Roy. *A Paris, chez d'Houry*, 1749,

1 vol. in-12, mar. r. tr. dor. (*Excellente reliure du temps.*)

74. ESSAI SUR LA PHYSIONOMIE, destiné à faire connoitre l'homme et à le faire aimer, par Jean-Gaspard Lavater, citoyen de Zurich et ministre du saint Evangile. *Imprimé à la Haye, s. d., 4 vol. gr. in-4*, v. granit, dent. sur les plats, tr. dor.

Belles épreuves, papier de Hollande, très-bel exemplaire.

BEAUX-ARTS.

75. WILSON. Collection exposée dans la galerie du cercle artistique de Bruxelles. *Paris, Claye*, 1873, in-fol. br.

68 eaux-fortes.

76. Collections de San Donato; tableaux, marbres, dessins, etc. *Paris, Ch. Pillet*, 1870, gr. in-8 br.
Eaux-fortes.

77. Collections de San Donato; objets d'art. *Paris, Ch. Pillet,* 1870, gr. in-8 br. *Photographies.*

78. Les Faïences anciennes et modernes, leurs marques et décors; seconde édition, par A.-A. Mareschal. (Faïences étrangères.) *Paris*, 1873, gr. in-8 cart. *Fig. en couleurs.*

79. CHAMPFLEURY. Histoire des Faïences patriotiques sous la révolution. *Paris, Dentu*, 1867, gr. in-8, demi-rel. dos et coins mar. *Figures.*

Exemplaire en grand papier.

BELLES-LETTRES.

80. Dictionnaire des racines et dérivés de la langue
française, par Frédéric Charrassin et Ferdinand
François. *Paris*, 1842, 1 vol. gr. in-8, demi-mar. r.
avec coins. (*A. Closs.*)

Bel exemplaire.

81. Homeri Opera omnia ex recensione et cum notis
Samuelis Clarkii. *Lipsiæ*, 1759, 5 vol. in-8 mar. r.
tr. dor.

Belle reliure ancienne.

82. Lucrèce. Traduction nouvelle, avec le texte en
regard et des notes par M. L. G. (La Grange).
(Figures de Gravelot, belles épreuves.) *A Paris,
chez Bleuet*, 1768, 2 vol. gr. in-8, pap. de Holl.
mar. viol. tr. dor. dent. doublées de tabis.

Reliure de Bradel l'aîné, successeur de Derome.

83. Publii Virgilii Maronis Opera. *Parisiis, è Typo-
graphiâ regiâ*, 1641, 1 vol. in-fol. v. fauve. (*Aux
armes.*)

Frontispice gravé sur un dessin de Nicolas Poussin. Majuscules à figures,
culs-de-lampe en tête et à la fin de chaque livre.

84. Publii Virgilii Maronis Bucolica, Georgica et
Æneis. *Birminghamiæ, Jo. Baskerville*, 1747, 1 vol.
in-4 mar. r. tr. dor. (*Derome.*)

Premier tirage.

85. Publius Virgilius Maro. *Parisiis, Petr. Didot
natu major, an. Reip. VI*, 1 vol. in-12, pap. vél.
mar. r. tr. dor.

Exemplaire de premier tirage.

86. QUINTUS HORATIUS FLACCUS. *Birminghamiæ, typis Joh. Baskerville*, 1770, in-4 mar. r. tr. dor. figures de Gravelot ajoutées. (*Derome.*)

Très-bel exemplaire.

87. Catulli, Tibulli et Propertii Opera. *Birminghamiæ, typis Joh. Baskerville*, 1772, 1 vol. in-4 mar. r. tr. dor. (*Derome.*)

88. P. Ovidii Nasonis Opera omnia cum integris Nicol. Heinsii lectissimisque variorum notis. *Lugduni Batavorum*, 1670, 3 vol. in-8, demi-cuir de Russie, avec coins portant l'estampille, aux armes et au nom de William Pitt.

89. Fables de Phèdre, affranchi d'Auguste, traduites en français, avec le texte en regard et ornées de gravures (*épreuves avant la lettre*). *Paris, de l'imprimerie de P. Didot l'aîné*, 2 vol. in-12, pap. vél. mar. r. tr. dor.

Cette traduction est dédiée à Mme Fanny de Beauharnais et précédée de son portrait.

90. M. Valerii Martialis Epigrammata cum notis variorum ad usum Delphini. *Amstelædami, P. Gallet*, 1701, in-18 mar. r. tr. dor.

Belle reliure ancienne d'une parfaite conservation.

91. CY EST LE ROMANT de la Roze, où tout lart d'amour est enclose... *On les vend à Paris en la bouticque de Jehan Petit, à l'enseigne de la fleur de lis d'or. S. a.* (Privilége de 1526.) In-fol. goth. fig. sur bois, 4 ff. lim. et cxxxix ff., plus 1 f. pour la marque, v. f. (*Anc. rel.*)

Bel exemplaire aux armes de Bonnier de la Mosson, sans défaut et très-grand de marges (182 mill. de hauteur.

92. OEuvres de Clément Marot, valet de chambre de François Ier, revues sur plusieurs manuscrits et sur plus de quarante éditions, avec les ouvrages de Jean Marot, son père, ceux de Michel Marot, son fils, et les pièces du différend de Clément avec François Sagon, accompagnées d'une préface

historique et d'observations critiques. *A la Haye, chez P. Gosse et J. Neaulme*, 1731, 6 vol. in-12 v. fr. tr. r.

Bonne reliure du temps.

93. Œuvres diverses du sieur Boileau-Despréaux, avec le Traité du sublime, traduit du grec de Longin; nouvelle édition, revue et augmentée. *A Paris, chez Denys Thierry*, 1701, 2 vol. in-12 mar. oliv. jans. tr. dor. (*David.*)

Bel exemplaire de la dernière édition publiée du vivant de Boileau.

94. Œuvres de Boileau-Despréaux; imprimé par ordre du Roi pour l'éducation de Mgr le Dauphin. *A Paris, de l'imprimerie de Didot l'aîné*, 1788, 3 vol. in-8, pap. vél. mar. r. dent. tr. dor. (*Bradel le jeune.*)

95. Fables choisies mises en vers par M. de la Fontaine. *Paris, Desaint et Saillant*, 1755, 4 vol. in-fol. figures d'Oudry, belles d'épreuves, veau écail, tr. dor.

Exemplaire en papier moyen.

96. Fables choisies mises en vers par J. de la Fontaine; nouvelle édition en taille-douce, les figures par le sieur Fessard, le texte par le sieur Montulay; dédiées aux Enfants de France. *Paris*, 1765, 6 vol. in-8, mar. r. fil. tr. dor.

Superbe exemplaire dans sa reliure ancienne.

97. Fables de la Fontaine; imprimé par ordre du Roi pour l'éducation de Mgr le Dauphin. *A Paris, de l'imprimerie de Didot l'aîné*, 1787, 2 vol. in-18, pap. vél. mar. r. dent. tr. dor. (*Bradel le jeune.*)

98. Contes et nouvelles en vers, par Jean de la Fontaine. *A Paris, de l'imprimerie de P. Didot l'aîné*, 1795, 2 vol. pet. in-12, mar. r. fil. doubl. de tabis.

Charmante reliure de Bozérian. Édition remarquable par la beauté de la typographie.

99. La Fontaine : Fables, édition illustrée par
Granville. *Paris, Fournier,* 1838, 2 vol. in-8,
demi-rel.

Très-rare. Exemplaire non rogné, sans une tache. Premier tirage.

100. Poésies choisies de Fontenelle et La Motte. *A
Genève,* 1777, 2 vol. in-18, portrait, v. ant.
écaille, fil. tr. dor.

Édition Cazin.

101. OEuvres choisies de Rousseau. *A Amsterdam,*
1777, 2 vol. in-18, portrait, v. f. ant. écaille, fil.
tr. dor.

Édition Cazin.

102. Épitres, stances et odes, par Voltaire. *Paris,
L. de Bure,* 1823, 2 vol. in-18, pap. vél. v. br.
tr. dor.

Jolie reliure de Bauzonnet-Purgold.

103. OEuvres de Gresset; nouvelle édition, augmentée de pièces inédites et ornée de figures en
taille-douce par Moreau le jeune et Saint-Aubin.
Paris, chez Bleuet jeune, 1803, 3 vol. pet. in-12,
pap. vél. mar. r. dos orné, tr. dor.

104. OEuvres complètes de M. le cardinal de Bernis,
de l'Académie française ; dernière édition. *Londres,* 1771, 2 tom. en 1 vol. pet. in-8, mar. r.
fil. tr. dor. (*Rel. anc.*)

105. André Chénier : Poésies, édition critique, publ.
par Becq de Fouquières. *Paris, Charpentier,*
1862, 2 vol. in-8, demi-rel. dos et c. mar. r. tr.
sup. dor. (*Cuzin.*)

Bel exemplaire en grand papier de Hollande.

106. Comte de Chevigné : les Contes rémois, édition
miniature. *Paris, H. Menu,* 1875, in-32, portrait, br.

107. Opere poetiche di Dante Alighieri, con note
di diversi per diligenza e studio di Antonio Buttura. *Parigi, presso Lefèvre,* 1823, 2 vol. gr.

in-8, pap. vél. avec 2 épreuves du portrait de
Dante, mar. r. tr. dor.

Riche reliure de Purgold.

108. La Gerusalemme e l'Aminta di Torquato Tasso,
con note di diversi, per diligenza e studio di Antonio Buttura. *Parigi, presso Lefèvre,* 1823,
2 vol. gr. in-8, avec une double épreuve du portrait du Tasse, mar. r. tr. dor.

Riche reliure de Purgold.

109. La Jérusalem délivrée, traduite en vers français par P.-L.-M. Baour-Lormian. *Paris, Delau-
nay,* 1819, 3 vol. in-8, gravures, dos et coins de
mar. citr. dos orné à mosaïques, fil. tête dor.
ébarbé. *(Capé.)*

Trois états des gravures : eau-forte, avec la lettre et avant la lettre. Taches
de rouille.

110. Publ. Terentii Comœdiæ sex, ex recensione
Heinsiana. *Amstelodami, ex officina Elzeviriana,*
1661, 1 vol. pet. in-12, mar. r. tr. dor. jans.
(Koehler.)
Grand de marges.

111. OEuvres de Jean Racine, imprimées par ordre
du Roi pour l'éducation de Mgr le Dauphin. *Paris,
Didot l'aîné,* 1784, 3 vol. in-8, v. marb. tr. dor.

112. OEuvres de Jean Racine; imprimé par ordre
du Roi pour l'éducation de Mgr le Dauphin. *A
Paris, de l'imprimerie de Didot l'aîné,* 1784,
5 vol. in-18, pap. vél. mar. r. fil. tr. dor.

113. OEUVRES DE MOLIÈRE, avec des remarques
grammaticales et des avertissements par Bret.
Paris, 1773, 6 vol. in-8, figures de Moreau, v. f.
tr. dor.

Bel exemplaire. Reliure du temps.

114. La Tragédie de Sémiramis, et quelques autres
pièces de littérature (Voltaire). *A Paris, chez*

P.-G. Mercier, 1749, 1 vol. in-8, veau, tr. r. (*Rel. anc.*)

Ce volume contient, outre la tragédie de Sémiramis, une belle et savante dissertation sur la tragédie ancienne et moderne, et l'éloge funèbre des officiers morts dans la guerre de 1741, particulièrement celui de Vauvenargues.

115. THÉÂTRE LYONNAIS DE GUIGNOL, publié pour la première fois avec une introduction et des notes. *Lyon, Scheuring,* 1865, 2 vol. in-8, mar. r. fil. tr. dor. (*Cuzin.*)

Très-bel exemplaire en grand papier de Hollande.

116. Les Métamorphoses de Melpomène et de Thalie, ou Caractères dramatiques des comédies française et italienne (dessinés d'après nature par Whirsker). *Paris, chez les Campion frères,* 1782, in-4, non rogné, dans un carton.

Recueil de costumes de la Comédie-Française pendant le XVIIIe siècle.

---

117. LES AMOURS PASTORALES de Daphnis et Chloé, trad. du grec du Longus par Amyot, *Paris, Didot l'aîné,* 1800, in-4, pap. vél. mar. r. fil. tr. dor.

Figures de Prudhon et autres avant la lettre.

118. Pétrone, Apulée, Aulu-Gelle : OEuvres complètes, avec la traduction en français, publiées sous la direction de M. Nisard. *Paris, F.-F. Dubochet et Cie,* 1842, gr. in-8, cart. n. rog.

Ce cartonnage porte la signature de Trautz-Bauzonnet.

119. LES CONTES DES FÉES, par Charles Perrault; nouvelle édition, revue et corrigée sur les éditions originales, et précédée d'une lettre critique par Ch. Giraud, de l'Institut. *Paris, Imprimerie impériale,* 1 vol. in-8, demi-mar. brun, dos orné, avec coins, tr. sup. dor. n. rog. (*Raparlier.*)

120. Les Avantures de Télémaque, fils d'Ulysse, composées par feu messire François de Salignac de La Motte-Fénelon, précepteur de MM^{grs} les enfants de France, depuis archevêque-duc de

Cambray, prince du Saint-Empire; nouvelle édition, corrigée et augmentée sur le manuscrit original de l'auteur, avec des remarques pour l'intelligence de ce poëme allégorique; carte géographique et figures. *A Rotterdam, chez J. Hofhout,* 1725, 1 vol. in-12, cuir de Russie, tr. dor. (*Fig.*)

Cette édition de Hollande, conforme du reste au manuscrit original, emprunte un intérêt particulier au commentaire historique qui accompagne le texte.

121. LES AVENTURES DE TÉLÉMAQUE, fils d'Ulysse, par M. de Fénelon; imprimé par ordre du Roi pour l'éducation de Mgr le Dauphin. *Paris, Fr.-Ambr. Didot l'aîné,* 1783, 2 vol. in-4, veau fauve, dos orné, dent. sur les plats, tr. dor.

122. Les Aventures de Télémaque, fils d'Ulysse, par M. de Fénelon; imprimé par ordre du Roi pour l'éducation de Mgr le Dauphin. *A Paris, de l'imprimerie de Didot l'aîné,* 1783, 4 vol. in-18, pap. vél. mar. r. dent. tr. dor.

Le tome III manque.

123. LA NOUVELLE HÉLOÏSE, lettres de deux amans habitans d'une petite ville au pied des Alpes, recueillies et publiées par J.-J. Rousseau. *Amsterdam, chez Marc-Michel Rey,* 1761, 6 vol. in-12, mar. r. tr. dor. dent. au revers des plats. (*Hardy.*)

Belles épreuves des figures de Gravelot. Première édition de la Nouvelle Héloïse.
On a joint à cet exemplaire, d'une remarquable conservation, le portrait de J.-J. Rousseau, gravé par Fiquet.

124. ÉMILE, OU DE L'ÉDUCATION, par J.-J. Rousseau, citoyen de Genève. *A la Haye, chez J. Neaulme,* 1762, 4 vol. in-8, mar. r. tr. dor. (*Rel. du temps.*)

Première édition, avec les gravures d'Eisen. Belles épreuves.

125. Paul et Virginie, par Jacq.-Bernardin-Henri de Saint-Pierre, avec les figures de Moreau avant la lettre. *A Paris, de l'impr. de Monsieur,* 1789, pet. in-12, mar. r. fil. tr. dor.

Première édition, publiée séparément, des Études de la nature; figures de Moreau.

126. La Chaumière indienne, par J.-H.-Bernardin de Saint-Pierre. *Paris, Méquignon-Marvis*, 1812, 1 vol. pet. in-12, pap. vél. mar. r. tr. dor. (*Thouvenin.*)

127. HISTOIRE DE L'ADMIRABLE DON QUICHOTTE de la Manche, traduite de l'espagnol de Michel Cervantes par Filleau de Saint-Martin, enrichie de belles figures par Coypel, gravées par Folkéma. *Amsterdam, chez Arkstée et Merkus*, 1768, 6 vol. in-12, mar. r. fil. tr. dor. (*Derome.*)

Superbe exemplaire.

128. Lucien, de la traduction de N. Perrot, sieur d'Ablancourt, avec des remarques; nouvelle édition, revue et corrigée, avec des figures en taille-douce. *A Amsterdam, chez Pierre Mortier*, 1709, 2 tomes en 1 vol. in-12, vél. figures.

La meilleure édition de cette traduction.

129. OEuvres de François Rabelais. *Paris, Louis Janet*, 1823, 3 vol. in-8, demi-mar. bleu, avec coins, tr. sup. dor. n. rog.

Édition estimée pour la correction du texte et la beauté de la typographie.

130. LETTRES PERSANES. *A Cologne, chez Pierre Marteau*, 1721, 2 tom. en 1 vol. pet. in-12, vél.

Jolie réimpression hollandaise de l'édition originale.

131. APOLOGIE POUR HÉRODOTE, ou Traité de la conformité des merveilles anciennes avec les modernes, par Henri Estienne; remarques de Le Duchat; table des matières. *A la Haye, chez Henri Scheurleer*, 1735, 3 vol. in-12, v. granit, dos orné, tr. dor.

132. Les Conversations sur divers sujets, par Mlle de Scudéry. *A Amsterdam, chez Daniel du Fresne*, 1682, in-12, vél. front. gravé.

133. CONVERSATIONS NOUVELLES sur divers sujets, dédiées au Roy, par Mlle de Scudéry. *Amsterdam,*

H. Desbordes, 1685, 1 vol. in-12, cuir de Russie,
tr. dor.

Frontispice gravé représentant la grande galerie de Versailles meublée telle
qu'elle l'était alors.

HISTOIRE.

134. Les Commentaires de César, de la traduction
de N. Perrot, sieur d'Ablancourt ; nouvelle édition,
revue et corrigée, front. gravé et planches. *A
Paris, chez la veuve Barbin,* 1685, 2 vol. in-12,
mar. r. fil. dos orné. (*Rel. anc.*)

135. Quinte-Curce : de la Vie et des actions d'A-
lexandre le Grand, de la traduction de M. Vau-
gelas, avec les suppléments de Jean Freinshemius
sur Quinte-Curce, traduits par Pierre du Ryer.
A Paris, chez Augustin Courbé, 1655, 1 vol. in-4,
front. grav. mar. r. fil. dos orné de petits fers.

Aux armes de M. de Caumartin, conseiller au parlement, maître des
requêtes, intendant des finances, conseiller d'Etat, né en 1653, mort en son
château de Saint-Ange en 1720.
Bel exemplaire.

136. Vie de Julius Agricola, par Tacite ; traduction
nouvelle par Dambreville. *Paris, Caille et Ravier,*
1803, in-12, pap. vél. mar. r. tr. dor.

Édition du XVIIe siècle.

137. Satyre Menippée de la vertu du Catholicon d'Es-
pagne et de la tenue des Estats de Paris durant la
Ligue, en 1593, avec figures. *Imprimé sur la copie
de l'année* 1593, 1 vol. in-12, v. f. tr. dor. dos
orné.

138. Mémoires historiques et secrets concernant
les amours des rois de France, avec quelques

autres pièces. *A Paris, vis-à-vis le Cheval de Bronze*, 1739, 1 vol. pet. in-12, v. vert, tr. dor. *(Thouvenin.)*

139. Cérémonies des Gages de bataille, selon les constitutions du bon roi Philippe de France, représentées en onze figures; publiées d'après le manuscrit de la Bibliothèque du Roi, par G.-A. Crapelet. *A Paris, de l'imprimerie de Crapelet,* 1830, in-8, fig. sur bois, mar. r. fleurons, dent. int. tr. dor. *(Allô.)*

140. Le Combat de trente Bretons contre trente Anglois, publié d'après le manuscrit de la Bibliothèque du Roi, par G.-A. Crapelet. *A Paris, de l'imprimerie de Crapelet,* 1827, gr. in-8, grav. et pl. de blasons, cart. n. rog.

141. L'Histoire de Conan-Meriadec, qui fait le premier règne de l'histoire générale des souverains de la Bretagne gauloise, ditte Armorique, par le P. Toussaint de Saint-Luc. *Paris, Claude Calleville,* 1664, pet. in-8, parchemin.

Exemplaire dans sa première reliure.

142. Le Siége de Poictiers et ample discours de ce qui s'y est faict et passé es mois de juillet, aoust et septembre, par Maliberge. *A Poictiers, par Julian Thoreau,* 1621, pet. in-8, vél.

Exemplaire dans sa première reliure.

143. Histoire mémorable de la ville de Sancerre, contenant les entreprinses, siége, approches, batteries, assaux et autres efforts des assiégeans, la famine extrême et délivrance notable des assiégez; le catalogue des morts et blessez à la guerre sont à la fin du volume, le tout fidèlement recueilli sur le lieu par Jean de Lery. *S. l.,* 1574, pet. in-8, parch.

Exemplaire dans sa première reliure.

144. Les Actes et gestes merveilleux de la cité de Genève, nouuellement conuertie à l'Euangille,

faictz du temps de leur reformation... redigez par escript... commençant l'an MDXXXII, par Anthoine Fromment, mis en lumière par Gustave Revilliod. *A Genève, imprimé par J.-G. Fick,* 1854, in-8, gravures vél. n. rog.

Exemplaire tiré sur papier chamois. Un feuillet détaché.

145. LA CONJURATION DU COMTE J.-L. DE FIESQUE. *Paris, Claude Barbin*, 1665, in-12, v. ant.

Édition originale. L'auteur est le cardinal de Retz. Exemplaire dans sa première reliure.

146. LES HOMMES ILLUSTRES qui ont paru en France pendant ce siècle, avec leurs portraits au naturel (y compris ceux d'Antoine Arnaud et de Blaise Pascal), par M. Perrault, de l'Académie françoise. *A Paris, chez Antoine Dezallier*, 1696, 2 vol. in-fol. v. b. (*Rel. du temps.*)

Grand papier. Belles épreuves avec les doubles portraits.

147. L'EUROPE ILLUSTRE, contenant l'histoire abrégée des souverains, des princes, des prélats, des ministres, des grands capitaines, des magistrats, des savants, des artistes et des dames célèbres de l'Europe, par M. Dreux du Radier, avocat; ouvrage enrichi de portraits gravés par les soins du sieur Odieuvre. *Paris, chez Nyon*, 1777, 6 vol. in-4, v. mar. tr. dor.

Épreuves avant les cadres.

SUPPLÉMENT.

148. HORÆ DE SANCTO SPIRITU, pet. in-8, v.

Manuscrit du XVe siècle sur vélin, de l'école flamande. Il est orné de 12 miniatures, dont 2 grandes, 4 lettres ornées, 6 petites miniatures dans les majuscules et 10 bordures composées de fleurs, d'oiseaux et d'animaux grotesques. Les ors ont un très-beau relief.

149. HORÆ DIVÆ VIRGINIS MARIÆ, secundum usum Romanum. (A la fin :) *Presentes horæ exarate*

sunt Parisiis, per Thielmanum Kerver, anno Do-
mini 1517, in-8, mar. br. fers à froid, tr. dor.

Ces heures, sur papier, sont encadrées à chaque page de figures sur bois qui contiennent une Danse des Morts. Il est court de marges, et le quatrième feuillet a une cassure raccommodée.

150. HEURES en françoys et en latin, à l'usage de
Rome. *Lyon, chez Macé Bonhomme,* 1558, in-8,
mar. comp. à froid, fil. dor. tr. dor. (*Lortic.*)

Chaque page est ornée d'un encadrement varié.

151. LES ÉMAUX DE PETITOT, du Musée impérial du
Louvre, portraits de personnages historiques et
de femmes célèbres du siècle de Louis XIV, gravés
par Ceroni. *Paris Blaisot,* 1862, 2 vol. in-4,
demi-rel. mar. n. rog.

Épreuves sur chine avant la lettre.

CONDITIONS DE LA VENTE.

La vente se fait au comptant.

Les acquéreurs payeront 5 0/0 en sus des enchères, applicables aux frais.

Les réclamations devront être faites dans les vingt-quatre heures de l'adjudication. Passé ce délai, ou une fois sortis de la salle de vente, les ouvrages adjugés ne seront repris pour aucune cause.

Il y aura exposition des livres de la vacation à UNE HEURE précise.

Le libraire chargé de la vente remplira les commissions des personnes qui ne pourraient y assister.

Paris. — Typographie Georges Chamerot, rue des Saints-Pères, 19.

RED. :

20

graphicom

MIRE ISO N° 1
NF Z 43-007
AFNOR
Cedex 7 - 92080 PARIS-LA-DEFENSE

0 1 2 3 4 5 6 7 8 9 10

BIBLIOTHEQUE NATIONALE DE FRANCE

****

CHATEAU DE SABLE

1995

www.ingramcontent.com/pod-product-compliance
Lightning Source LLC
LaVergne TN
LVHW021759060726
842528LV00003B/1039